À celles et à ceux qui
m'ont inspirée,

À ces histoires que je
ne raconterai pas,

et à Alexandre T.

Cœur en chrysalide

Raïssa Tangi

© 2024 Raïssa Tangi
Édition : BoD – Books on Demand,
info@bod.fr
Impression : BoD – Books on Demand,
In de Tarpen 42, Norderstedt
(Allemagne)
Impression à la demande

Illustrations : Sarah Barcelo © saraccroche
Graphisme : © dolcevitadesign

ISBN : 978-2-3225-0599-9
Dépôt légal : Novembre 2023

Pour commencer, merci.

Merci à Sarah, à Elisabetta et à Max d'avoir embelli mon cocon.

Merci à maman, à papa, à mes frères et à mamie.
Merci à mon petit prince, et à celui connu de tous.
Merci à mes gens d'ici et d'ailleurs.
Merci à mes gens d'aujourd'hui et d'autrefois.
Merci aux petits et grands artistes que j'admire.
Merci à mes moins proches et à mes inconnus d'une fois.

                                          Affectueusement, l'auteure.

Cette histoire commence dans une bouquinerie d'occasion. L'enseigne la plus populaire de ce genre à Bruxelles.

Mon amie Graziella et moi flânions entre les rayons et les étagères. Anthologie, littérature, essais…

Elle en scrutait les planches pendant que je la regardais faire en prenant place sur un escabeau.

Nous y avons passé l'après-midi et notre discussion portait sur un tas de sujets, comme à notre habitude.

Ma rencontre avec Graziella s'était faite à la fac, deux ans auparavant. Issues de la même promotion, nous avions un jour pris un café entre deux cours et ne nous sommes jamais perdues de vue depuis.

Mon amie était une bonne étoile dans ma vie. Je ne la voyais pas souvent mais elle n'était jamais très loin.

En me concentrant sur ce souvenir, je nous revois autour d'une minuscule table ronde. La mezzanine était déserte mais la vivacité de notre échange animait bien les lieux.

Pourtant, les conversations que j'y ai eues lors de mon bachelier se comptaient sur les doigts de la main. Je dirais que c'était un endroit où j'ai autant aimé qu'haï ma solitude.

Mais l'humanité et la douceur de Graziella m'invitaient à lui faire confiance les yeux fermés.

Ce que je fis dès ce premier jour.

Alors deux ans plus tard, les yeux posés sur un énième livre dont le titre contenait le mot *cœur*, je lui annonçai :

« Moi aussi, je vais écrire un livre. »

En réalité, j'avais repoussé cette idée pendant un an.

Il s'agissait d'un manuscrit que j'avais rédigé dans un moment de détresse. Tout ce qui me permettait de m'accrocher à la vie, c'était ces souvenirs que mon esprit ruminait. J'en avais alors écrit des textes et des poèmes.

Jamais avais-je vraiment envisagé de les publier.

Ce fut donc la première fois que je l'affirmais haut et fort, en y pensant vraiment. À un titre et à une histoire.

Ou plutôt, à ces histoires.

Enfin, je décidai réellement de me lancer.

HIVER
À l'encre indélébile

Envie de rire avec quelqu'un.

Disons que seule… Je n'en ai pas la force.

Chaque jour ressemble finalement à la veille.

Le moral gris. Le corps à l'usure. Le cœur en carence.

Dans l'attente de meilleurs sentiments,

Sincèrement vôtre.

Une chaussée de Bruxelles, un vendredi après-midi.
Des adolescents squattaient un arrêt de bus après l'école.

Parmi ces jeunes, un garçon et une fille qui ne s'appréciaient pas. Un malaise perpétuait entre eux.

« Franchement, tue-toi, tu ne manqueras à personne, » lui lança-t-il devant tout le monde.

De nature plutôt discrète, il surprit le groupe qui lâcha un hoquet de surprise. Tous fixèrent sa victime, honteuse.

L'adolescente se fit alors oublier avant de tourner les talons. Des pensées noires se mirent à alourdir ses pas sur le chemin du retour. Celui-ci se rallongeait péniblement.

Il se mit à pleuvoir des cordes et le temps d'un instant, le monde ne sembla plus en valoir la peine.

Peut-être avait-il raison ?

Même chaussée que la page précédente, plusieurs années plus tard.

Une odeur sucrée embaume les derniers mètres de la rue avant de se diffuser dans les horizons. Suivez-la et retrouvez-vous à la porte d'un commerce de proximité.

Découvrez la lumière et la chaleur promises par la senteur des brioches, maintenant dressées derrière un présentoir annoté au marqueur blanc.

Raisins, sucre, chocolat, cardamome, et cannelle.
Kanel avec un K.

Il y a parfois même une soucoupe en verre qui abrite des cookies à la pistache les jours de chance.

S'en suit un sourire réconfortant.

Le bruit de la machine à café et une conversation qui donne du baume au cœur.

L'humanité se tient alors en un instant.

Puis la mousse du cappuccino sur vos lèvres.
Avec elle, l'impression que tout ira bien.

Le petit prince

La tension était à son comble.

C'était donc la boule au ventre qu'il accueillait la foule dans l'auditoire. Une veine palpitait sur son front et son sourire se crispait davantage à chaque salutation.

Puis il se mit à scanner chaque personne qui prenait place dans la salle. Les lieux se remplissaient à vue d'œil tandis que le jeune homme essayait de récupérer son souffle.

La voilà, la dernière ligne droite dont il avait rêvé.
Sans réaliser qu'il allait encore devoir s'accrocher.

C'était en réalité un début.

Le petit prince de cette histoire était un jeune homme en quête de tout sans avoir le sentiment de le valoir.

C'est sa curiosité qui l'avait aidé à avancer dans la vie. Sa nature avenante lui réussissait aussi, car découvrir les autres lui permettait de mieux se connaître.

Saint-Exupéry a écrit que *toutes les grandes personnes ont été des enfants, mais très peu s'en souviennent.*

Naturellement, notre petit prince était de cette minorité.

Il pensait souvent à l'enfant qu'il avait été et essayait de l'honorer en continuant à avoir des rêves plein la tête.

Le plus grand à ce moment-là était en train de se concrétiser sous ses yeux, les yeux de ses proches et les yeux de tous les gens qui remplissaient l'auditoire.

Le jeune homme n'était sûr de rien mais son cœur savait que son ambition finirait par payer.

La fin justifiait les moyens, et son insatiable envie de réussir était plus forte que sa peur d'échouer.

Il saisit alors le micro et se posta devant l'auditoire, ému. Le grand écran s'assombrit derrière lui. L'écho des applaudissements se mit à retentir dans la salle.

Ce fut effectivement un début.

Un jour, Stevie Nicks demanda :
« Has anyone ever written anything for you?[1] »

Une chanson si joliment écrite que j'ai envie de lui emprunter une phrase et de la dédier à qui de droit.

« Si pas pour moi, fais-le pour toi-même.
Fais-le pour le monde. »

---

[1] En français : « T'a-t-on déjà dédié un écrit ? »

Défaire le mal

À table. Maman demande de tes nouvelles.

Je serre les dents sans répondre tandis que mon frère lui fait les gros yeux. Il sait que je n'ai pas le cœur à ça.

Cela fait une semaine que Toni Braxton performe son plus grand succès entre les quatre murs de ma chambre.

Pudique à ton sujet, c'était avec ma famille que j'avais du plaisir à te partager. Est-ce pourquoi j'ai le sentiment d'avoir perdu ce que je n'ai pourtant jamais eu ?

Je soupire : La journée est longue, la nuit le sera davantage et je peux m'en prendre qu'à moi-même.

Les garçons quittent rapidement la salle à manger, me laissant partager une bière en tête à tête avec ma mère.

Mais mes pensées sont ailleurs, menées par des questions dont tu es le seul à avoir les réponses. Dieu sait à quel point je t'en veux pour cet égoïsme.

Ma colère se dissipe lorsque ma mère tend le bras par-dessus la table pour saisir ma main.

S'en suivent de sa part, les mots qui défont des maux.

« Il est doux d'aimer faiblement
Quand, ayant vaincu sa puissance,
L'amour dès son commencement
Ressemble à la convalescence. »

Anna de Noailles, Poème de l'Amour (1924)

Les chocolats chauds

Les dernières feuilles tombent près d'un café bien rempli de la capitale, le Jat. Deux amis de longue date s'y retrouvent autour d'un chocolat chaud.

Comme d'habitude, ils se donnent des nouvelles après ne pas s'être vus pendant des mois.

Elle a toujours quelque chose à raconter, et il trouve toujours quelque chose à répliquer.

Les joues pressées contre les paumes, il l'écoute.
Puis ils inversent les rôles.

D'habitude, c'est elle qui tente de faire durer la discussion car ces chocolats chauds suffisent à peine.

À sa grande surprise, le jeune homme continue son récit.
Il lui raconte même une anecdote qui lui est chère.

C'est la première fois qu'il se confie à elle.

Ses lèvres et son cœur se mettent à sourire. Elle réalise alors que ces retrouvailles font autant de bien à son ami qu'à elle.

Beaucoup de colère.
Envers les autres et envers soi-même.

Huit mois et huit jours.

Les émotions qui se bousculent.

Chaud. Froid.

Les doigts aussi crispés que les nerfs.
Le cœur qui bat à toute allure.
Le souffle saccadé et la vue trouble.
La tête sur le point d'exploser.
Les pensées qui fusent à tout-va.

Puis rien.
Si, mal mais plus trop au cœur.

Zéro mois et zéro jour.

Roi du monde

Il ouvrit les yeux dans un sursaut.

La pièce était noire et glacée, comme d'habitude. Sa langue pâteuse frotta son palais tandis qu'il sortit les mains de sa couverture. Le froid se jeta aussitôt sur ses doigts blancs.

Une douleur lui tira dans le dos lorsqu'il saisit ses lunettes sur la table de nuit à sa gauche.

Tout prit forme derrière ses verres.

Rien n'avait changé depuis la veille.

C'était un nouveau jour qui l'éloignait de ses jeunesse et dignité perdues. Il avait mené une vie tyrannique auprès des siens. Mais son emprise s'est dissipée, les enfants se sont émancipés et l'argent s'en est allé avec la santé.

Ses doigts gelés se tordirent sur sa rotule.
Il eut alors le souvenir d'étreintes négligées.

Son esprit se remémora chacune des fois où il avait refusé l'amour durant ses années glorieuses.

Il aime.

Il l'aime.

Tout de lui l'aime.

Tout de lui, il aime.

Encore faudrait-il qu'il s'aime.

Encore faudrait-il qu'ils s'aiment.

Une représentation de Roméo et Juliette prend vie dans la cour d'une école primaire.

« Pas besoin de choisir ton camp, on l'a fait pour toi il y a longtemps ! » résonne le cortège.

Dans la foule, on peut voir un enfant porter un regard impressionné sur un autre. Le deuxième se trouve sur scène. Concentré, il imite ces camarades de classe en abordant un air confiant.

Ce que l'autre enfant ignore encore, c'est qu'elle s'en rappellera toute sa vie.

Día de los muertos

Pluie sous le ciel gris.
L'air encombré par l'odeur du bitume.
Onze heures mais le jour se lève-t-il en novembre ?

Un tour pour se changer les idées.

Les pieds avancent machinalement car le cerveau est sur pause. Grésillements sourds dans les oreilles et battements du cœur contre les tempes.

Puis le carillon qui retentit chez le fleuriste.

Le choix se porte sur des roses blanches.

Celles-ci apportent de la lumière au salon, une fois posées sur l'appui de fenêtre.

La porte claque en silence contre le chambranle et la journée se termine aussi vite qu'elle a commencé.

Les bras de Morphée enlacent ses dernières heures, vingt-trois et minuit.

L'esprit rejoue une dernière fois les images du film Coco, mêlé aux souvenirs de ceux dont l'absence s'est éternisée.

À toutes ces fins de soupers.

Où je me suis retrouvée par terre après un lapsus de ma mère qui s'était énervée.

Où mon fou rire a fait trembler les murs et la table de la salle à manger.

Où j'ai cherché de l'air et que les larmes me sont montées.

Où les gloussements de ma famille n'ont jamais manqué de le suivre.

Où nous nous sommes esclaffés, peu importe à quel point nous nous étions fâchés avant de manger.

Le mur porteur

« Si j'avais un conseil à te donner… »

Ses mots restent en suspens.

Les deux amis ne se regardent même pas.
Assis sur son lit, il lit tandis qu'elle fixe le plafond.

Les murs de cette pièce connaissent leur complicité.

Les éclats de rires. Les longues discussions sur la vie, couchés à même le sol. Les débats et désaccords qui font parfois hausser le ton. Les soirs où ils coupent le jeûne ensemble malgré leurs différentes croyances.

Cette amitié avait commencé bien avant qu'ils ne s'imaginent se retrouver chez lui autour d'un thé.

Il réfléchit longuement.

« Ce serait de réapprendre à aimer les gens, » finit-il.

Elle sent aussitôt son cœur se serrer dans sa poitrine.

À quel point s'est-elle perdue pour qu'il lui dise cela ?

À l'encre indélébile

« Et, en dernier…

Si je trouve l'amour cette année, il faudrait que j'apprenne à faire des concessions car personne n'est parfait.

Je devrais accepter ses qualités, ses défauts et ses convictions car tout cela fera partie de sa personnalité.

On n'essaie pas de changer quelqu'un à qui l'on tient car on l'aime pour ce qu'il est, » écrit-elle un 31 décembre.

Cela faisait une semaine que son amie lui avait offert un journal intime pour Noël. Elle avait commencé par y noter ses résolutions pour la nouvelle année.

Loin de s'imaginer combien de fois elle allait pleurer sur les pages du cahier en y racontant ses journées.

C'est près de cinq ans plus tard, que dans des conditions similaires, elle écrira :

« Sache que rien de ce que j'ai pu te dire n'était vain. Peu importe si j'avais bu ou pas dormi.

Mes mots étaient portés par le même sentiment depuis le premier jour. Ce qui touche le cœur se grave à la mémoire et ton nom revient toujours dans mes prières.

Car de près ou de loin, je veux te voir réussir et fleurir.

Je sais que c'est réciproque car tu m'as dit « Fonce » à chaque projet dont je t'ai parlé. Tu m'as aussi écouté chialer, rire, te faire des déclarations tintées ou noyées de Martini Bellini. Mon préféré.

J'ai remercié l'univers plus d'une fois de t'avoir mis sur mon chemin. Je l'ai aussi détesté pour ça. Et, pour les insécurités que cette histoire a fait surgir en moi.

Ça ne m'empêchera pas de souligner ce que j'ai toujours admiré chez toi. Tu es une personne inspirée et motivée.

Tu ne mérites pas le meilleur car tu te plies toujours en quatre pour l'avoir ; tu le mérites car tu es toi.

C'est tout et, c'est déjà bien assez.

J'admets que mon avis ne sera jamais objectif car à mon sens, l'amour porte ton visage. Il a le regard que je pose sur toi. Il s'entend dans mille chansons. Il sonne comme mon nom à tes lèvres. L'amour échoit dans ton rire et ta voix.

J'ignore ta couleur et ton film préférés mais je pense connaître ton cœur.

Et, j'ai la conviction que le mien ne se trompe pas.

Personne ne vaut ça.
Personne ne te vaut toi. »

« Je sais que tu as traversé beaucoup de choses
Ne penses-tu pas qu'il est temps de tourner la page ?
Tu mérites de l'amour comme je sais en faire. »

Toni Braxton, Come On Over Here (1996)

PRINTEMPS
L'aval des anges

Trente minutes d'humanité

Je dédie cette page à trois conversations, tant opposées que similaires. L'une avec une inconnue dans un salon de tatouage, l'autre avec mon amie Luana dans un train et la dernière avec une photographe de rue à Porto.

Parallèles, elles s'imitent dans le détail.

Ce n'était vraiment pas des discussions faciles à avoir mais chaque fois, j'étais face à une jeune femme qui me faisait confiance. Il suffit parfois de trente minutes.

Trente minutes d'humanité.

Donnez-vous du mérite pour ces peurs que vous avez dépassées. Pour ces batailles que vous avez menées contre votre propre personne et contre la vie – surtout celles dont personne n'est au courant.

Au final, nul n'admettra votre valeur mieux que vous-même. Vous êtes plus que ce que les autres voient.

Faites-vous confiance. Tout comme dans mon récit, vous reconnaîtrez les gens qui vous reconnaîtront.

Il pleut dans la tête de Ludivine

Ses pensées se mêlent à la bruine

Cette même peine qu'elle rumine

Émotions faites comme à l'usine

Mais cette fleur n'est pas machine

Le soleil s'est couché sur Lisbonne. Il pleut des cordes.

Je vois des gens se serrer plus fort sous leurs parapluies. D'autres s'embrassent. Puis se mettent à courir, main dans la main. Un couple d'adolescents comparent les tailles des leurs avant qu'il ne forme la moitié d'un cœur avec ses doigts. Elle glousse en s'empressant de l'imiter.

Je regagne ma chambre d'hôtel, où j'avais laissé des roses que je m'étais offerte plus tôt dans la journée.

En voilà, un endroit où l'Amour bat dans les détails.

L'aval des anges

Les anges existent.

J'ai commencé à vraiment y croire le jour où cette personne est apparue dans ma vie. Comme dans ma foi, j'y ai compris quelque chose qui ne se voit pas. Je l'ai su.

Mon cœur a reconnu leur grâce dans son visage. Leur douceur se tenait entre ses mains et ses doigts. Et, leur aval a continué de se manifester à chacun de ses sourires.

Ce qui sans s'expliquer, fait plus de bien que de raison.

Ma couleur préférée est celle que prennent tes joues et tes lèvres lorsque la vie te donne la plus intense de ses fièvres. Celle qui hérisse les poils et anime les rêves.

Ruse de tes maux
Muse de mes mots

Sous mes doigts

S'affaissent ton poids
Ton souffle et ta foi

Dans ta voix

Croissent mes émois
Mon pouls et ma foi

Maladroit est le silence

Où tout se pense
Où rien ne panse

Où deux cœurs tanguent
Entre deux langues

Ce moment pudique
Où naît la musique

Et que vient l'heure
De cirer la moiteur

De tes paumes

Lissant tes phalanges
Et berçant tes anges

De doux psaumes

Là où le songe de ses caresses se veut tendre.

« Si vraiment les mots t'embarrassent,
Ne dis rien. Rêve. N'aie pas froid ;
C'est moi qui parle et qui t'embrasse ;
Laisse-moi me répandre sur toi. »

Anna de Noailles, Poème de l'Amour (1924)

À tous ces actes manqués, mais surtout à ces cœurs lassés. C'est à demain que vous avez tout donné.

Lâcher prise

À dix-neuf ans, j'ai eu besoin de faire quelque chose qui sortait de l'ordinaire. J'ai décidé de me faire tatouer.

Jessica – Sysy pour les intimes – est une femme d'une bienveillance absolue. L'artiste m'a accueillie pour la première fois dans son studio un jour ensoleillé de juin.

J'avais alors eu un coup de cœur pour un de ses dessins représentant Thémis, la déesse grecque de la justice.

Je comprends aujourd'hui que c'était exactement ce que je voulais pour ma vie, après m'être infligée des années d'insécurité et d'autodestruction.

Pendant notre séance, Jessica m'a dit « Peut-être que la vie ait fait qu'on se rencontre pour que moi, un peu plus âgée, je te dise que ça va aller. »

Le fait que l'artiste eut ces mots en immortalisant sur moi ce symbole n'était aucunement un hasard.

Car depuis ce jour, entre les hauts et les bas… Dieu, la vie et moi-même n'avons cessé de me rendre justice.

Saudade

Rien n'est plus injuste que d'être en amour d'un souvenir. On s'accroche à ce qui n'est plus.

Cette parole, ce regard, cette couleur qu'on est seul à faire perpétuer dans notre tête.

Personne ne choisit le bien ou le mal que penser à sa propre réalité peut faire. Dans tous les cas, on vit avec le poids de notre passé et de nos expériences.

Le poids de la nostalgie, et des traumatismes.

Les aléas qui s'en suivent.

Il y a des jours avec et des jours sans.

La vie et sa guérison sont loin d'être linéaires. Elles tiennent à leurs hauts et leurs bas, le plus important étant de s'accrocher à ce qui nous permet de mieux les gérer.

L'instant présent est d'une durée qui nous ferait douter de son existence. À peine réalisé, il fait partie d'un passé amer.

Le temps ne cesse de nous filer entre les doigts.

On s'en souvient, du souffle court et de l'émotion intense dans nos veines.

L'instant présent est déjà mort mais nos sens continuent de s'éveiller à la réminiscence de ces mots et tons que le reste du monde semble avoir oubliés.

L'a-t-on rêvé ?

Saudade est un mot en portugais brésilien qui désigne un sentiment de manque aigre-doux. Son sens est si lourd et particulier qu'il ne se traduit pas.

Saudade est le douloureux souvenir que votre esprit porte malgré tout avec tendresse.

C'est donc ça la liberté ?

S'occuper à profiter de la vie ?

Une coccinelle court sur ma phalange.

Je prends ce signe pour un grand oui.

Je tente d'immortaliser l'instant mais l'objectif de mon appareil flashe à côté.

Je me rallonge dans l'herbe en fermant les yeux.

L'essentiel leur est de toute façon invisible.

ÉTÉ *En effervescence*

Doux mois d'août

Autrefois scellé à l'argile
Le cœur bien trop fragile
Cède aux échos d'Achille

Et depuis j'y repense
À chacun de tes sourires
Troublant tous mes sens
Et noyant mes soupirs

L'air chaud s'exalte
Une gosse en hâte
Son pouls en halte

Frémit contre le creux
Sciant la joue en deux
D'un mec bienheureux

Un échange se résume
En ces quelques rimes
Qui vibrent en l'âme

Vingt quelque chose.

L'âge où la maturité jauge entre le poids des responsabilités et le besoin de liberté.

Histoire de famille

La fille au col bardot alors que le règlement de l'école interdit strictement les épaules dénudées. Ton regard espiègle croisa le mien et le reste appartint à l'histoire.

Je me souviens de la façon dont notre amitié a pris fin. Insidieusement.

D'abord, avec notre tiramisu dans la cuisine de mamie. Puis mon anniversaire avec tes cousins. Le montage de mon étagère avec les outils de ton père. Ta mère qui nous lava des fraises et la mienne qui t'invita à partager une galette des rois à la maison. Mamie était affalée sur le fauteuil pendant que nous trinquions toutes les trois.

Sans compter nos soirées à nous enivrer en chantant Como La Flor de Selena. Nous nous sommes données une confiance et un amour qui vont au-delà des mots.

Ça n'a toujours été qu'une belle histoire de famille.

Je me demande parfois ce que tu es devenu.

Hier à douze ans, aujourd'hui à vingt-deux.

Le temps est passé si vite que je ne l'ai pas vu emporter cette partie de nous qui ne reviendra plus.

Ce qui se meurt entre les années et la distance.

Mais c'est toujours moi et c'est toujours toi.

Juste ni tout à fait les mêmes ni tout à fait d'autres.

Et nos chemins qui se sont une fois croisés.

Juillet. Job d'été. Course contre la montre.

J'ai souri au vide, essoufflée. « Suivant ! Bonjour. »

Mon regard a finalement croisé celui de l'adolescent face à moi. Près d'un mètre quatre-vingt-cinq. J'ai sourcillé et il m'a imité. Ses yeux, entourés des nombreuses tâches de rousseur que lui prêtait la saison, me fixaient curieusement derrière ses lunettes.

Ce fut là que je reconnus ton frère.

Et même s'il ne te ressemblait pas plus qu'autrefois, sa voix sonnait tout comme toi.

C'était l'écho d'un mirage.

Nouveau tour du soleil

« Ma petite Raïssa,

Je te souhaite un très joyeux anniversaire et espère que tu passes la merveilleuse journée que tu mérites.

Je me rends compte que tu deviens une femme accomplie. Qui arrive à se comprendre, à être tolérante avec elle-même, à reconnaître sa valeur.

Qui se bat tous les jours, au final, pour devenir la personne qu'elle a toujours rêvée d'être.

Je suis tellement fière de toi, de te voir resplendissante, de te voir enfin vivre.

Je t'envoie tout mon amour ! »

Ludivine,
le jour de mes vingt-deux ans

Les bonnes étoiles

Maman est soleil, papa est lune.

Tous deux coexistent dans ma vie sans réellement s'y croiser. Ma relation avec l'un influence pourtant indéniablement celle que je partage avec l'autre.

La plupart du temps, c'est ma mère qui me guide.

Maman est assez expressive. Elle rit, râle, s'exclame. Cela lui arrive de taper sur la table quand elle est dépassée. Elle me confie des je t'aime quand elle en a besoin. Sa vivacité et son essence me tiennent éveillée.

Papa, quant à lui, veille discrètement sur moi.

Mon père médite, écoute, s'interroge. Il m'oriente avec expérience dans les moments forts que je traverse. Il me partage ce qu'il sait et me rappelle de prendre du recul face aux challenges de la vie. Son calme me réconforte.

Ma candeur vient d'elle.
Et ma douceur, de lui.

Une dualité qui fait de moi un tout et son contraire.
Ce qui les opposait autrefois, s'allie en ma personne.

Je ne comprends pas toujours mes parents mais je ne peux nier leur bonne volonté.

Je repense à un jour où mon père avait accouru à l'école pour m'emmener aux urgences.

Il m'avait récupérée puis installée dans sa berline noire tandis que ma mère inquiète s'écriait à l'autre bout du fil.

Je qualifierais cet épisode de période brouillardeuse où j'étais contrariée d'exister. Je me souviens juste d'être une adolescente de quinze ans sur le point d'exploser. Il y avait comme un tic-tac qui martelait tout le temps mon être.

Mes parents essayaient maladroitement de me venir en aide. Souvent, aux limites de ce qu'eux-mêmes connaissaient.

Avec les bons et les mauvais jours, ils trouvèrent les mots justes. Puis la vie se mit à m'envoyer les signes qu'ils avaient demandés à Dieu pour moi.

Dans le conflit comme dans la réconciliation, ils m'ont tous deux appris une leçon importante : chacun fait ce qu'il peut.

L'important est de toujours faire de son mieux.

Effervescence

Je tombe sur une vidéo de 2014 en dépoussiérant mon Facebook. Mes yeux s'écarquillent lorsqu'elle joue.

On y voit mes copines le dernier jour d'école.

Notre première année de secondaire avait touchée à sa fin. J'avais pris beaucoup de plaisir à immortaliser l'instant et à le monter avec d'affreux filtres.

Nous échangions visiblement nos numéros de téléphone à la fin des cours.

« T'es sérieuse, tu filmes ? » s'exclama une amie.

Mes proches n'aiment toujours pas que je les photographie ou les filme au dépourvu. On veut toujours s'apprêter, avoir la bonne pose, afficher le meilleur angle.

C'est pourtant l'imprévu qui fait la beauté et l'authenticité de la chose.

Cette vidéo est parfaite car elle est à l'image de ce qu'on y voit. Des jeunes s'amuser sans retenue.

Nos problèmes étaient différents.

Aucune de nous n'est sortie du secondaire en restant la même que quand elle y a mis les pieds.

Je me rends compte mais c'est une décennie qui sépare ce jour et aujourd'hui.

Le temps est passé si vite que je ne l'ai pas vu emporter la part de nous qui ne reviendra plus.

Celle qui meurt entre les années et la distance.

On peut voir des gens courir et crier autour de deux copines qui ne s'entendaient pas.

« Soixante-et-un ! »

« Hein ? »

« Soixante-et-un ! »

« Ok ! » fit la deuxième en pianotant sur son GSM.

« Je pensais que c'était des photos ! » cria-t-on.

Un rire éclate, je ne le reconnais pas directement mais c'est le mien. Les années ont fini par me l'enrouer.

Mon objectif se tourna alors sur une de mes meilleures amies. Elle s'était arrêtée dans sa séance de selfies pour me tirer la langue. Ses bracelets en Scooby-Doo de toutes les couleurs me tirent un sourire.

C'était vraiment une autre époque.

Le temps a fini par faire de nous des inconnues.

J'ignore ce que la plupart de ces filles sont devenues.

Si on me l'avait prédit au temps de cette vidéo, je ne l'aurais pas cru. Nous étions des bébés qui pensaient déjà être des femmes en devenir.

Je me demande si ce n'est pas ce que je suis, là.

Oui et non.

Je me sens tantôt adulte tantôt môme.

Ça dépend des jours.

Des fois, je ne comprends vraiment rien.

D'autres fois, je fais semblant de ne pas comprendre.

Je sais juste que notre esprit est en perpétuelle effervescence et qu'aujourd'hui fera partie de ces jours qui nous manqueront.

Canada, été 2022.

Mamie et moi sommes seules en voiture.

Elle est assise devant, moi derrière. Nous discutons.

Elle se retourne et me dit :

« J'ai mené une bonne vie. J'aime mes enfants et mes petits-enfants. Je suis contente. »

Je souris. Mon cœur aussi.

Canada, été 2022.

Mamie est dans la cuisine. Affalée sur le canapé, je l'observe curieusement par-dessus le comptoir.

Degrassi – en boucle à la télé depuis ce matin – devient alors un bruit de fond. Je lui lance un je t'aime.

Elle lâche un petit rire étouffé.

« Moi, je t'aime depuis la première fois que je t'ai vue. Depuis que tu es née, » répond-t-elle.

Mon cœur se réchauffe instantanément.
S'en suit le clic de mon appareil.

Après tout, aujourd'hui fera partie de ses jours qui nous manqueront. N'est-ce pas ?

R.D. Congo, été 2016.

Mamie et moi sommes assisses devant la parcelle.
Elle sur une chaise en plastique, moi sur les escaliers.

Nous discutons face au coucher de soleil sur Brazzaville.

La propriété familiale surplombe les hauteurs de Kinshasa, ce qui nous permet d'admirer la capitale voisine.

Mamie me parle de notre héritage, de ses parents, de ma mère et de mon grand-père. J'entends l'amour à tous ses mots et dans sa voix, se dresse malgré tout le meilleur des mondes.

Le meilleur des mondes

Une quinzaine de jeunes dévalèrent les escaliers d'un immeuble avant de s'évader dans la nuit bruxelloise.

Deux d'entre eux marchaient côte à côte.

Lui était ivre de joie.
Elle l'était tout court.

Dans un sursaut, elle cria et s'agrippa à son voisin dont le cœur avait manqué un battement.

Le reste du groupe se tourna alors vers eux d'un même geste. Elle se confondit en excuses en pointant du doigt la grille de ventilation qui lui était apparue sous les pieds.

Le jeune homme se perdit une seconde dans son regard qu'il découvrit brillant et espiègle.

Ces mêmes yeux qui s'étaient illuminés plus tôt, lorsqu'il avait appelé son nom dans cette même rue que tous les deux connaissaient bien.

La poésie mêlée au détail, elle avait plus que tout aimé s'entendre sur ses lèvres. « Encore… Pitié. » pensa-t-elle.

Et ce n'était même pas encore la plus belle chose qu'il lui dirait ce soir-là.

« Embrasse-moi, touche-moi et immerge ton désir dans le mien. Je continuerais de me dévoiler à toi tandis que nous explorerions nos fantasmes ce soir. »

Mariah Carey, Want You (2001)

D'une fois à mille

Je t'aime, une fois.

Sur les marches d'une place à Bruxelles.

Je t'aime, deux fois.

Entre les draps.
Seize rimes enamourées.

Je t'aime, dix fois.

Après avoir visité ma grand-mère. En écho avec les criquets et l'orchestre d'un hôtel. Avant un entretien d'embauche. Avec une performance de Mariah Carey et Trey Lorenz. En toute honnêteté. L'histoire de ce film qui m'a fort émue au cinéma. Ces mêmes mots que mon père m'a écrits ce matin. Lors d'un échange d'e-mails avec une entreprise qui pourrait t'intéresser. Ivre morte.

Je t'aime, mille fois.
Toutes ces fois que je ne raconterai pas.

La rue des fleurs

Me voilà, rue des fleurs à Porto.

C'est une allée piétonne surplombée de petits commerces. À la différence de Santa Catarina qui loge toutes les multinationales. Le style d'ici est plutôt rural.

Je flâne, me remettant à peine de la célèbre Ribeira et de ses pentes vertigineuses.

C'est alors que dix jeunes hommes en costume s'activent d'un même mouvement sous les yeux des passants intrigués. Tour à tour, ils accordent chacun leurs instruments de musique.

Puis le plus jeune s'avance vers la foule pour annoncer le début de leur prestation.

Curieuse, je m'arrête. Mes yeux rencontrent alors ceux du guitariste. Je l'observe et il m'imite quand il m'y prend.

La musique est enjôleuse. Je lui reconnais le même romantisme que lors de mon premier séjour au Portugal.

Le romantisme…

Du regard que je surprends un jeune à porter sur un autre dans le métro en heures de pointe. Du jeune homme qui attrape le visage de sa copine pour l'embrasser sur un quai bondé de touristes. Du baise-mains que se fait un couple aux cheveux blancs sur la terrasse d'un restaurant.

L'inconnu à la guitare aborde un sourire, invitant le public à applaudir en rythme. Il tape du pied, s'exclame, vocalise avec le reste du groupe.

Sa joie d'être là est vraie, elle m'en devient contagieuse.

Cette performance sans pareille prend fin et j'applaudis la troupe avant de leur envoyer des bisous. Les artistes font alors mine de s'extasier en les attrapant au vol.

Je reprends joyeusement ma promenade sur la rue des fleurs, avec la sensation d'avoir reçu les miennes.

Mes yeux se lèvent vers un ciel assombri par la chaleur du crépuscule. Le soleil n'est visiblement pas le seul à avoir donné ses plus beaux tons à cette journée.

Un jour, un homme eut un songe. Il rêva qu'il marchait le long d'une plage, en compagnie de Dieu.

Il vit défiler toutes les scènes de sa vie devant ses yeux.

A chacune d'entre elles, il vit l'empreinte de quatre pieds sur le sable. La première paire était la sienne et la seconde paire était celle de Dieu.

Il remarqua cependant qu'aux moments les plus durs de sa vie, il n'y avait l'empreinte que de deux pieds.

Il interrogea donc Dieu : « Seigneur... Je ne peux pas comprendre que Tu m'aies laissé seul aux moments où j'avais le plus besoin de Toi. »

Dieu lui confia : « Les jours où tu ne vis l'empreinte que de deux pieds sur le sable, c'était moi qui te portais. »

Le temps de Dieu

Devant moi, un bleu difficile à décrire.

La mer me semble si rebelle. Elle n'attend rien ni personne. Ses vagues s'agitent, se cognent aux rochers et me trempent les chevilles. Le sable, quant à lui, se creuse sous mon poids quand je me mets à quatre pattes.

J'inscris « Make It Happen » dans la poussière en fredonnant la chanson de Mariah Carey au même nom.

Je lis mes mots ensablés en pensant à la Raïssa de dix-sept ans, qui découvrait alors la discographie de Mariah, sans s'imaginer ce que l'avenir lui réservait.

Des hauts, des bas et moi qui ai fait de mon mieux.

Ce cadre devant moi, j'en ai longtemps rêvé.
Mais on n'a rien sans rien.

À chaque vague comme à chaque battement du cœur, c'est un nouvel espoir qui naît.

AUTOMNE
Se promettre la résilience

Point positif : tout est éphémère.
Point négatif : tout est éphémère.

La rentrée des classes, les dernières grâces de l'été indien, nos pulls autour des épaules ou des hanches, une fenêtre en oscillo-battant et le tintement des verres en terrasse.

Sentiments les plus distingués

« Ce n'est pas facile d'affronter les mille et une questions qui nous assaillent l'esprit.

C'est encore plus difficile d'essayer d'y répondre. Pourtant, il le faut si l'on veut tenter d'être heureux.

Il faut même recommencer, encore et encore. Toute sa vie !

C'est aussi ça, le courage : être assez brave pour regarder en soi, y observer ses failles, ses parts sombres, mais aussi ses forces et ses aspirations secrètes. Continue à te faire confiance.

N'oublie pas que quoi qu'il arrive, les réponses sont multiples, les chemins sont nombreux, et il est toujours possible de changer d'itinéraire en cours de route.

Porte-toi bien, continue à rêver en grand et à te poser plein de questions.

Amicalement, »
Madame B.

Cette histoire commence avec Gwen Stefani.

À la porte de ses 35 ans, la chanteuse de No Doubt s'en écarte pour sortir son premier projet solo : l'album « Love Angel Music Baby ».

Elle s'inspire de l'énorme pression qui pèse sur ses épaules pour créer la première piste de l'album « What You Waitin For? »

Dans ce titre, elle personnifie à la fois ses angoisses et son ambition de nouvelle popstar.

On peut y comprendre des paroles telles que *Qu'est-ce que t'attends, meuf ? Saisis ta putain de chance !*

Près de vingt ans plus tard, un mercredi d'automne.

Une jeune femme se regarde dans le miroir de sa salle de bain en chantant ce classique à tue-tête.

Une amie adepte de pop rock, lui avait fait découvrir la discographie de No Doubt. Par conséquent, elle découvre également le premier album de Gwen Stefani.

Son coup de cœur pour « What You Waitin For? » est immédiat. Elle se met alors à en vivre les paroles. *Qu'est-ce que t'attends, meuf ? Saisis ta putain de chance !*

Se déroule ensuite une drôle d'histoire.

Un devoir à rendre pour la fac, une mezzanine, une pluie torrentielle comme seule Bruxelles les connaît.

Mais surtout, une putain de chance à saisir.

Love Angel Music Baby

C'était par pur hasard qu'un 3 octobre – date à laquelle Gwen Stefani fêtait ses 52 ans – la jeune femme avait son amie au téléphone. Elle longeait la plage en lui racontant sa journée.

La nuit était tombée et l'heure était à un dernier cocktail. Derrière elle, le bruit des vagues rebelles et agitées.

Ce fut alors qu'elle poussa un hoquet de surprise.

It's My Life de No Doubt résonnait dans ce bar où elle venait de mettre les pieds. Si l'énorme enseigne « Buah ! » qui illuminait la pénombre l'avait invitée à entrer, ce faux hasard et cette musique allaient la faire rester.

S'en suivait donc une playlist aléatoire du groupe et une conversation enjouée entre les deux bouts du fil.

Lucile Saada Choquet – une femme exceptionnelle, que j'ai rencontrée dans des circonstances tout aussi exceptionnelles – m'a un jour écrit :

« Je te souhaite de vivre chaque jour des espaces de liberté et de réparation. »

Sans savoir qu'elle-même, ses grands yeux bruns, sa mangue séchée, son installation en bois, son micro qui grésille et ses grandes couvertures à motifs avaient été le premier de ma nouvelle vie.

Sa performance se nomme « Jusque dans nos lits » – je nomme donc cette page,

Jusque dans nos cœurs.

L'histoire d'une autre performance qui m'a touchée.

Rachel Keen, connue sous le pseudonyme de Raye est chanteuse. Son premier album nommé « My 21st Century Blues » sort un vendredi 3 février.

Elle y aborde ses maux en mêlant des sonorités jazz, hip-hop et expérimentales.

Passionnée par l'art de la musique et tout ce qu'il englobe, la vocaliste met un point d'honneur à interagir avec le public lors de ses shows.

Je la revois alors, parée d'une robe bleue, un dimanche à Amsterdam.

Dans un élan d'honnêteté, elle s'adresse à son audience avant de performer « Body Dysmorphia ». Elle avoue ne pas aimer interpréter cette chanson mais insiste sur le fait qu'elle la pense nécessaire.

Une fille devant moi se met alors à pleurer.
Ses amies la consolent silencieusement.

Je me penche vers elle et lui murmure qu'elle est belle. C'est vrai. Je l'ai vu danser et s'amuser avec ses deux copines. Le bonheur va si bien aux femmes.

Raye se met à chanter ; je la regarde difficilement. Certaines de ses paroles me heurtent sans prévenir et c'est désormais moi qui pleure, inconsolable.

J'en ai la gorge nouée. Mes maux remontent à la surface. Mon cœur se crispe et je me retrouve à avoir mal comme la Raïssa de quinze ans.

« Body Dysmorphia » est suivie de « Ice Cream Man », une chanson tout aussi poignante.

Mon ami Mani et moi avons pour tradition de soulever une pancarte 'Fiers de toi, *very fucking brave strong woman*' au moment où Raye chante ces mêmes mots, depuis la première fois où nous l'avons vue sur scène. Ce que l'on fait encore ici.

Un projecteur se pointe sur nous. Je me cache aussitôt derrière la pancarte que nous sommes en train de brandir.

La chanteuse réagit et nous dit qu'elle nous aime. Je lève timidement la tête et la vois me regarder avec un sourire.

Elle finit Ice Cream Man en chantant lentement :
« I see some very fucking brave strong women out here tonight.[3]

---

[3] En français : « Je vois des putain de femmes courageuses et fortes ici ce soir. »

La musique fait partie intégrante de moi.

Je l'aime davantage dans ma cuisine, n'importe quelle salle de bain et naturellement, en concert.

Alors je dédie cette page à toutes les personnes que j'ai rencontrées par son biais.

Merci de m'accompagner dans ce show qu'est la vie.

En toute intimité

Postée devant le miroir de la salle de bain, j'inspecte attentivement mon reflet.

Le reflet de ce regard et de ce dos creusés par mille nuits sans sommeil. De ce bras aux souvenirs meurtris sous l'encre. De cette poitrine qu'il faut si souvent cacher. De ces poignées qui n'ont jamais comblées aucun désamour.

Aujourd'hui est un jour sans et le miroir me renvoie l'image d'une femme que j'ai envie de faire disparaître.

Mon corps a toujours été porteur d'une guerre que j'ai malgré moi menée contre la vie. Je comprends désormais qu'il en est à la fois la victime, le témoin et le coupable.

Le temps est venu de nous en pardonner : nous avons encore tant à nous offrir.

Un jeune garçon tomba dans un puits.
La chute lui fit à la fois peur et mal.

Il en eut le souffle saccadé et la vue trouble.

Toutes ses angoisses se dissipèrent lorsqu'il aperçut la silhouette familière de son père. Ce dernier lui tendit la main et le rattrapa tout en le rassurant d'une voix douce.

L'homme porta l'enfant blessé dans ses bras et lui demanda : « Pourquoi tombons-nous, Bruce ? Afin d'apprendre à nous relever. »

Se promettre la résilience

La jeunesse est vive, bornée, orgueilleuse.
Elle veut tout faire, toute seule et tout de suite.

Mais faire les choses à cent pour cent requiert de savoir prendre son temps.

Voir d'où on vient.

Observer, comprendre.

Encaisser.

Voir où on va.

Observer, comprendre.

Anticiper.

Et enfin, toujours se promettre la résilience.

HIVER
Se rendre vulnérable

Ouvrir son cœur, c'est se rendre vulnérable.
Fermer son cœur, c'est se rendre misérable.
L'amour et la haine rendent tous deux coupable.

Passion mise sous vide

Vide de ta voix et de tes doigts.

Vide de ton regard et de tes mains.
Vide de tes hanches et de tes reins.

Vide de ta forme et de tes rondeurs.
Vide de ton odeur et de ta chaleur.

Vide de tes lèvres et de leur fièvre.

Sous sa cage
Enfle la rage

Les rêves meurent
Au fil des heures

Moins de mots
Mois de maux

L'espoir se ride
Place au vide

Place au temps
Qui pèse tant

Il paraît que se faire printemps,
c'est prendre le risque de l'hiver.

Se rendre vulnérable

Pour la première fois, j'ai rêvé de toi cette nuit.

Un hasard mal tombé car on est le 16 décembre.

Et c'est un 16 décembre pénible parce que cette date n'appartient qu'à toi. Qu'un 16 décembre, tu me serrais fort dans tes bras. Qu'un 16 décembre, je te regardais en étant si fière de l'homme que j'avais en face de moi.

C'était bon jusqu'à ce que ce ne soit plus le cas.

Plus tard, tu réaliseras.
C'était de l'amour comme je le pouvais.

Ne sachant rien de la vie, j'avais la volonté d'apprendre avec toi. Je ne te l'ai jamais caché. Au contraire, je te disais tout et sans te mentir, ce rien me manque.

Je t'ai avoué être triste, heureuse, en hâte, énervée et amoureuse. Et là, c'est tout ce que je suis à la fois.

Un mal dont je me remets lentement mais sûrement.

« Bien que tu ne sois pas mon amant,
Bien que tu ne sois pas mon ami,
Je donnerais tout pour t'avoir ici,
Juste pour t'enlacer encore une fois. »

Mariah Carey, Just To Hold You Once Again (1993)

Délirium

Se sent-elle dans ma voix ?
Cette peine qui enfle en moi

Quand je me mens tout bas
Car tes mots ne me vont pas

Nos insécurités se dédoublent
Dans les mêmes eaux troubles

L'inconnu qui fuit le miroir
Et la fille qui joue du rasoir

Fossé entre artiste et muse
Des mimiques qui amusent
La candeur de mes lapsus
Mêlée à celle de tes rictus

À la fois tout et rien
Que l'on fait si bien

Et ce que tu ignores
Je te le dirai encore

Ces temps-ci, j'ai mal de toi. Je suis amuïe par ton absence et ton nom résonne dans tous mes silences. Ma voix te manque-t-elle autant qu'à moi ?

Carmina convivalia

C'était l'anniversaire de Carmina, une amie proche.

La neige était tombée sur Bruxelles les jours d'avant.
Ses rues en étaient restées gelées et couvertes de blanc.

Le froid de dehors contrastait avec l'ambiance de la soirée.

Les convives de Carmina étaient assis à la table de la salle à manger. Trois d'entre nous alternaient entre leurs chaises et la marmite de chili con carne qui mijotait à feux doux.

Carmina était l'amie d'une amie, qui avait fini par aussi devenir la mienne au fil des années.

Nous nous étions rencontrées à un autre anniversaire, dans un bar en ville. Les banquettes en étaient pleines à craquer et Suavemente retentissait dans les baffles.

Ce fut donc dans cette ambiance festive que nous fîmes connaissance. Carmina était belle, grande et blonde. Elle avait la voix rauque et une silhouette à la Vénus de Milo.

Mais ce dont je me rappelle surtout, c'est son aura vive.

Carmina était une bonne vivante et, c'est pour cela que j'associerai toujours sa personne à la célébration.

La fêtarde que j'avais rencontrée un soir d'été est rapidement devenue une confidente du quotidien. Ses mots consolaient un mal-être que j'avais l'habitude de taire.

Avec le temps, j'ai aussi découvert à Carmina un amour inconditionnel pour les moments de convivialité.

Ce que fut son anniversaire : des jeux de cartes, un repas à partager, de bons digestifs et de l'amour en nombre.

De ses deux amis venus tout droit de Paris à son grand frère Clarence en passant par ses amies de toujours, Alexia et Lola, son amoureux et ses collègues de travail.

C'était pour ma part un moment où j'avais plus de mal que les autres. Je n'étais pas triste mais ma peine de décembre me pesait encore sur l'estomac.

Un sentiment qui se dissipa à la vue de mon amie dans sa robe en satin, son diadème et son sourire rayonnant.

Elle me prit dans ses bras, recollant encore une fois les morceaux de ce qu'elle n'avait pas cassé.

Deux ans auparavant, à cette même période.

J'avais pleuré toute la nuit en sachant juste que j'avais très mal à l'âme. De la douche au lit, et du lit à l'aube.

Ma mère vint dans ma chambre et s'appuya contre le chambranle de la porte sans me quitter des yeux.

Je connaissais son sentiment d'impuissance puisqu'il reflétait le mien. Comment étais-je censée guérir d'un mal dont j'ignorais tout ?

Ce fut alors qu'elle me dit :

« Imagine-toi une petite fille à ta place.
La laisserais-tu vivre dans ce genre de conditions ? »

Barbie Mariposa

Un infirmier est de garde en pédiatrie. C'est le bruit d'un éléctrocardioscope qui le tiendra éveillé jusqu'à l'aube. Il zieute sa patiente entre deux prises de notes.

L'enfant alitée le scrute à travers la vitre. Elle a dans sa petite main une Barbie Mariposa. Les deux jeunes gens épuisés s'observent jusqu'à ce que la porte ne s'ouvre.

Le soignant acquiesce et la petite fille panique.

D'abord, face à ce regard familier de nulle part. Puis face à cette même expression navrée qu'elle croise sur le visage de tous les adultes depuis son hospitalisation.

Mais cet homme semble plus triste que les autres. L'enfant prend conscience de son propre malaise. Elle sourcille et débranche les trois électrodes sous sa blouse.

L'infirmier accourt en demandant à l'autre adulte de sortir un instant. Il remet le dispositif en toisant l'enfant.

« Reste tranquille, s'il te plaît. » la supplie-t-il.

Il regagne à peine son poste que la morveuse récidive. Une fois puis deux, toujours avec un sourire narquois. Jusqu'à ce que l'homme à la moue triste s'en aille.

Le tricycle rouge

Je m'imagine parfois cette petite fille dont maman parle.

J'avais tout au plus cinq ans quand je découvris le dimanche sans voiture. Au croisement de deux rues portant le prénom Victor, je vis des familles pédaler entre les arbres aux feuilles oranges et brunes.

Je me rappelle avoir donc demandé un vélo, moi aussi.

Mon beau-père est un jour rentré avec un tricycle rouge. Ayant très vite fait mes preuves auprès de mes parents, j'ai eu mon vélo de grande fille par la suite.

Je me suis mise à longer notre rue tous les weekends et toutes les vacances, en m'éloignant progressivement de notre immeuble.

« Du poteau jusqu'au garage, du garage à la librairie, de la librairie au poteau. » me défiais-je.

Je me souviens être très souvent rentrée avec les cheveux hirsutes et des égratignures plein les genoux.

Mais toujours le sourire aux lèvres.

Alors à cette moi passée, je lui dirais de continuer à s'accrocher car, dans la vie comme au vélo, il n'y a rien dont on ne saura se remettre.

PRINTEMPS
Cœur en chrysalide

Axelle est mon amie depuis dix ans.

Nos vies se ressemblent un peu : tout comme moi, elle est l'aînée de trois enfants et la seule fille de sa fratrie.

Nos anniversaires se partagent une semaine durant la charmante saison des Perséides : nos mères sont deux étoiles sur lesquelles ce sont nous qui veillons parfois.

Je reconnais en Axelle une sensibilité qu'elle ne confie qu'aux siens. Notre relation et la confiance qui s'y est installée se sont faites avec les années, tant dans nos similitudes que dans nos différences.

Un jour, elle m'a écrit des mots que je lui rends tendrement : « Je suis fière de nous.

À la fois, de notre progression à chacune et de l'évolution de notre relation.

C'est assez impressionnant, tout ce qu'on a vécu et comment on s'en est sorties. J'aurais aimé le savoir avant et pouvoir dire aux plus jeunes toi et moi,

« Ne vous inquiétez pas. Tout ira bien. Vous en sortirez plus fortes. »

Sourire de Porto

Place Flagey à Bruxelles. Le traffic ralentissait, les voitures commençaient à s'entasser sur la chaussée et deux jeunes femmes venaient de rater un même bus.

L'une complimenta l'autre sur son maquillage des yeux. Un eye-liner qui seyait à leur vert. L'après-midi était déjà entamé mais leur amitié ne faisait que commencer.

Les inconnues se mirent à faire connaissance à l'arrêt puis dans le bus. Une coïncidence après l'autre, il s'avérait qu'elles habitaient dans le même quartier.

S'en suivit alors une conversation autour d'un café.

C'était la veille de mon vol pour Porto. Un voyage qui m'angoissait car je m'en allais seule dans cette ville inconnue et, avec le manque de ma propre personne.

J'en revenais pourtant avec ce que m'avaient promis le ton enjoué et les grands yeux verts de ma nouvelle amie Victoria… Un sourire de Porto, et des millions d'autres.

L'effet papillon

Ailleurs, un papillon bat des ailes.

J'aime penser qu'il existe autant d'émotions que de personnes au monde. La sienne m'a totalement conquise.

Il est cet homme à l'énergie pétillante et sensible.

Le jour, il se hâte face aux opportunités de la vie. Il a un cœur vif mais des pensées à en retourner les lattes du sommier. Car la nuit, le monde s'éteint. Le projecteur se met en veille et ses angoisses demeurent tièdes.

Je lui ai tout dévoilé de moi. L'enfant timide, l'adolescente déphasée et la femme en effervescence.

C'est la personne qui m'est le plus facile d'aimer. Il est celui qui a mis mon cœur en chrysalide — sans en être le début ou la fin. Dans cette même dualité, j'ai une émotion à son nom qui vibre autant qu'elle sonne creux.

Mais que serait une ode à l'amour sans sa muse ?

Ailleurs, un papillon bat des ailes.
Ici, un autre déploie les siennes.

Cœur en chrysalide

Le cœur mue au travers des émotions et des moments qui le touchent. C'est pourquoi il faut profiter des choses simples telles que soi, ses proches et l'instant présent.

Tout pour ravir un cœur en chrysalide.

Même si on craint d'échouer.
Même si on doute de tout.
Même si on n'en voit pas le bout.

Même si.

La motivation du cœur se tient et reste légitime.
Il n'y a rien dont on ne saura se remettre.

Croire et vouloir, c'est pouvoir.

Je marche, préoccupée.

Au même moment, une petite fille et sa mère quittent leur immeuble. Mon regard croise alors celui de la bambine qui me fait un signe de la main.

Je lui rends avec tendresse.

Mes pas me mènent finalement chez Kanel.

J'en referme la porte et suis aussitôt accueillie par des aboiements enjoués. Un grand chien me saute dessus.

La buée sur mes lunettes m'empêche de le voir mais mon cœur a bien senti son enthousiasme.

Je m'agenouille à sa hauteur et le dorlote joyeusement.

S'en suit un sourire réconfortant.

Le bruit de la machine à café et une conversation qui donne du baume au cœur.

L'humanité se tient alors en un instant.

Puis la mousse du cappuccino sur mes lèvres.
Avec elle, l'impression que tout ira bien.

Les œuvres mentionnées

Saint-Exupéry, Antoine. 1943. *Le Petit Prince.*

Nicks, Stevie. 1986. *Has Anyone Ever Written Anything For You?*

Braxton, Toni. 1996. *Un-Break My Heart.*

Noailles, Anna. 1924. *Poème de l'Amour.*

Unkrich, Lee. 2017. *Coco.*

Choquet, Lucile Saada. 2022. *Jusque dans nos lits.*

Raye. 2023. *Body Dysmorphia.*

Raye. 2023. *Ice Cream Man.*

Braxton, Toni. 1996. *Come On Over Here.*

Schuyler, Linda. 2013. *Degrassi Nouvelle Génération.*

Carey, Mariah. 1992. *I'll Be There.*

Carey, Mariah. *2001. Want You.*

Carey, Mariah. 1992. *Make It Happen.*

Stefani, Gwen. 2004. *Love Angel Music Baby.*

Stefani, Gwen. 2004. *What You Waitin For?*

No Doubt. 2003. *It's My Life.*

Nolan, Christopher. 2005. *Batman Begins.*

Carey, Mariah. 1993. *Just To Hold You Once Again.*

Quintanilla, Selena. 1992. *Como La Flor.*

Pour terminer, merci.

Merci à Sarah, à Elisabetta et à Max d'avoir embelli mon cocon.

Merci à maman, à papa, à mes frères et à mamie.
Merci à mon petit prince, et à celui connu de tous.
Merci à mes gens d'ici et d'ailleurs.
Merci à mes gens d'aujourd'hui et d'autrefois.
Merci aux petits et grands artistes que j'admire.
Merci à mes moins proches et à mes inconnus d'une fois.

Affectueusement, l'auteure.